克瓦特探案集 ⑧

校园里的粉红鬼

[德] 于尔根·班舍鲁斯 著

[德] 拉尔夫·布茨科夫 绘

严莹 译

汉斯约里·马丁奖

德国优秀青少年侦探故事小说奖

百花洲文艺出版社
BAIHUAZHOU LITERATURE AND ART PRESS

图书在版编目（CIP）数据

校园里的粉红鬼/（德）班舍鲁斯著；（德）布茨科夫绘；
严莹译.—南昌：百花洲文艺出版社，2015.10
（克瓦特探案集）
ISBN 978-7-5500-1524-1

Ⅰ.①校… Ⅱ.①班… ②布… ③严… Ⅲ.①儿童文学-
侦探小说-德国-现代 Ⅳ.① I516.84

中国版本图书馆 CIP 数据核字（2015）第 220907 号

Author: Jürgen Banscherus
Illustrator: Ralf Butschkow
© Das rosarote Schulgespenst Ein Fall für Kwiatkowski. Bd.15 (2005)
© Der Stinker Ein Fall für Kwiatkowski. Bd.16 (2006)
by Arena Verlag GmbH, Würzburg, Germany.
www.arena-verlag. de
Chinese language edition arranged through HERCULES Business & Culture
GmbH, Germany
Translation copyright © 2015 by shanghai 99 Culture Consulting Co.Ltd.

江西省版权局著作权合同登记号：14-2015-0222

校园里的粉红鬼　克瓦特探案集⑧

〔德〕于尔根·班舍鲁斯　著　〔德〕拉尔夫·布茨科夫　绘
严莹　译

出版人	姚雪雪
责任编辑	王丰林　郝玮刚
特约策划	尚飞　杨芹
封面设计	李佳
出版发行	百花洲文艺出版社
社　址	南昌市红谷滩新区世贸路 898 号博能中心 A 座 9 楼
邮　编	330038
经　销	全国新华书店
印　刷	山东德州新华印务有限责任公司
开　本	889mm×1194mm　1/32
印　张	4.875
版　次	2016 年 2 月第 1 版第 1 次印刷
字　数	41 千字
书　号	ISBN 978-7-5500-1524-1
定　价	16.00 元

赣版权登字：05-2015-374

网址　http://www.bhzwy.com
图书若有印装错误，影响阅读，可向承印厂联系调换。

目 录

克瓦特探案集

校园里的粉红鬼

严莹 译

　　绝大多数了不起的侦探，在读书时的成绩往往都拿不出手。尽管我现在远不如英国名探长夏洛克·福尔摩斯，或者瑞典少年侦探卡莱·布鲁姆奎斯特那样大名鼎鼎，但我在学校里的分数也一样不好。我这样的私家侦探就喜欢惊心动魄的神秘探险、危险刺激的冒险跟踪，以及揭示各种险恶用心的惊天秘密，否则生活就太没有意思了。

而学校教我们什么呢？组词造句、乘除法、青蛙的生活、健康饮食之类令人厌烦的东西。因此，每天上课的时候我都呼呼大睡，直到下课铃响起。

为什么我们的语文课不分析真正的敲诈信？为什么数学课不来算算坐一天监狱要花纳税人多少钱？或者发生一起银行抢劫案，要动用多少警力和财力？

我敢保证，上这样的课我绝对不会打瞌睡，并且我大多数的同学也不会。

就这样的德语水平，将来顶多当个小偷、诈骗犯或者数学老师！

DIES iS die LÄTZTE AUF-ORDER UN K Das LÖHSEGELT AM Ferein BAR t n OR D S u N hint A LEGE N, SONS D...

我妈妈说，在我眼里，整个世界就是一个巨大的刑事案件。幸好学校与抢劫、偷窃、诈骗无关，这真是让人松了口气。

大多数人最终并不打算成为私家侦探，而是想当护士、司机或者会计师。那么，这些人就不得不停止像我这种合理的学习了。大人似乎总是以为自己很清楚什么叫"合理"。其实，只需要打开报纸，就可以看到大人的行为是多么不合理了。

今天，我为什么要跟你们说这些学校的事？非常简单，因为我最新的一个案子就发生在校园里。

现在估计大家都在谈论我对口香糖的沉迷。我最喜欢的牌子是英国的"卡本特"。这个好东西只有我最好的朋友奥尔佳的售货亭里才有卖。我这几年在她那儿买卡本特的钱都能

买辆山地车了，而且是那种有

27 个挡位、刹车灵敏、前后轮

都带减震器的山地车。

我上一次去售货亭时碰到了处长。

他是我们学校的教舍管理员，本名叫"处长克"，但是我们上上下下都管他叫"处长"，谁让他叫这个名儿呢？他可是全世界最好的教舍管理员了，说不定是全宇宙最棒的。不管我们干了什么蠢事，他也从不发火，至少在几个礼拜前我是这么认为的。

"我也是从孩子过来的。"他以前总是这样边说边笑。不过，这一天，处长可跟平时不大一样。

虽然我站在他宽阔厚实的背后，看不到他的脸，但仍感觉到他的惊慌不安。

奥尔佳也注意到了。她给他递过去两支缠着商标的雪茄，并问道："怎么啦，学校有什么事吗?"

处长将身子倾过去，对她低语："闹鬼了!"声音轻得我几乎听不见。

"在哪儿?"奥尔佳问道。

"唉,在学校里。"

"什么时候开始的?"我的朋友接着问。

"两天了。总是在晚上十点到十二点之间。"处长回答。

奥尔佳将一支香烟叼进嘴里,但不点燃。自从她戒烟以来,她每天都要这样嚼坏20支香烟。妈妈认为如果这么做能遏(è)制烟瘾,倒也不是什么坏事。

"你为什么认为是闹鬼?"奥尔佳问。见鬼,这位女士俨然开始录口供了,看来她真是

10

闲得无聊！

"我看到影子了。吓人的鬼影。"

"你还听到什么声音没有？"

处长摇摇头。

"你为什么不去查看一下那究竟是什么？"
奥尔佳很想知道。

"我可还没有活够！"我们的处长恼火了，
"如果那真是鬼怎么办？"

奥尔佳打断他，斩钉截铁地说："世界上
没有鬼，学校里闹鬼就更不可能了。"

这时，她看到了我。"你好，我的天使。"
她喊道。

我告诉了她几百次，别当着外人的面这么

称呼我。可她就是改不掉！

"今天你要几包?"她问。

我的零花钱所剩无几，只够买一包。

奥尔佳放了一小包在柜台上，我最后一欧元瞬间消失在她的钱箱里。然后她转过身来，对处长说："让克瓦特来干这事吧，他是全城最棒的！"

"最棒的什么？"处长问。

奥尔佳把湿漉漉的香烟从嘴角这边移到另一边。

"最棒的私家侦探，"她说，"如果有人能找出闹鬼的真相，那人非他莫属。"

处长身高近两米，他从高处若有所思地打量我。毫无疑问，他对此已有耳闻，我们这片区的人都知道我在干私家侦探的活儿。不过，没准他和别的大人一样，认为我只是搞些小打小闹，比如找回被偷的狗、夹克，或者不翼而飞的口香糖。

最后，他扶了扶眼镜，问道："闹鬼这类案子你以前调查过吗？"

"当然。"

"然后呢？你对它们做了什么？"

我不由自主地想起了蓝色旋转木马一案中的豚鼠，一开始我也把它们误认为神出鬼没又阴险狡诈的鬼怪。

"它们不是鬼，"我回答他，"世界上根本就没有真正的鬼。"

处长又陷入了思考。这么膀大腰圆的家伙

居然害怕几个影子，真是匪夷所思。

"那好吧，"他说，"如果你接手这个案子，我该付你多少钱？"

"五包卡本特。"我答道。

"但如果你没有查出真相……"

"我会查出真相的。"我说。我跟处长可不一样，我才不怕什么鬼怪呢，调查"鬼"的工作怎么可能还会出问题？

处长向我伸出手。"一言为定，"他说，"查出真相之后，我付你五包卡本特。但是，现在你准备怎么做？"

"您今晚在家吗？"我问。

他点点头。

"我九点半到您家。"

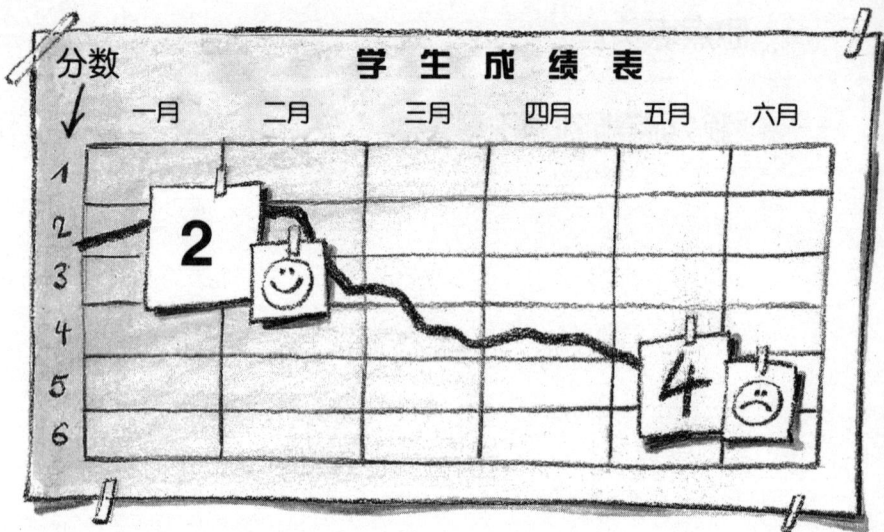

分数

学 生 成 绩 表

一月　　二月　　三月　　四月　　五月　　六月

1
2
3
4
5
6

（德国学分制为6分，2分为良好，4分为及格。）

　　在接手这个案子之前的几个礼拜里，我妈妈既没上中班也没上夜班。因为我一心扑在破案上，没工夫学习，分数急剧下降，所以我妈妈急火攻心，放下了医院里的工作，好留在家里管我的学习。

18

可是这个礼拜医院有一位护士度假去了，我妈妈不得不顶替她上夜班。真是太凑巧了！这样我就有一大把的时间去调查学校闹鬼的事了。

九点一刻，妈妈来到我的房间。当时我正躺在床上，一边听滚石乐队的音乐，一边读一本侦探小说。这本书是我从市立图书馆里借来的。

妈妈亲了亲我，说："明天见，睡个好觉。"

"明天见，妈妈。"

"明天你来做我俩的早餐？"

"是的，我做。"

"我要一个鸡蛋，一杯牛奶咖啡。"

"好的，妈妈。"

她在离开之前，意味深长地看了我一眼。当她觉得我心怀鬼胎的时候，她总是会做这个动作。

"你又接新案子了？"她问。

我点点头："是和鬼怪有关的案子。"

她笑起来："哦，至少不是什么杀人或行骗的案件。"不一会儿，我听见大门合上的声音。

我从一数到二十，然后跳下床。我打开了我的柜子，里面装有夜间调查的所有行头：一

支大手电筒、一件厚厚的马甲、一串自制的各

种型号的万能钥匙、一瓶办案时随时可以喝的

牛奶。

　　此外还有一包卡本特牌口香糖，就是今天

在奥尔佳那里买的那包。如果没有它，哪怕一

片纸尿片，我也不愿帮人去找。

我将所有的东西都装进新马甲的十七个口袋里。这个任务让人有点难以置信。处长身高近两米，后背宽如衣柜，可以扛着一架钢琴穿过整个校园，仿佛那只是一箱汽水。这样的人会怕鬼？

教堂的钟声敲响了九点半，这时我按响了处长家的门铃。

他立即打开了门。"快进来，克瓦特。"他和善地说。

我摇摇头："您得把我锁进去。"

他的脸顿时化成了一个巨大的问号。"锁……锁……锁进去？"他结巴起来，"锁进哪儿？"

大人有时脑子就是转不过弯。

"还能有哪儿？"我反问他，"当然是学校！您不是要我查鬼怪是谁吗？十二点后您再来放我出去。"

"哦……哦，是……是这么回事。"他结结巴巴地说道，然后从门背后的挂钩上取下一串钥匙，又说，"但是这会不会太危险？毕竟那鬼……"

"这世上哪有什么鬼！"我打断了他。

虽然听我这么说，但处长仍一直下不了决心。"如

果你出了事，我可就麻烦了。"他说，"你知道吗，我做了这么久的教舍管理员，还没出过错啊……"

我把手放到他的胳膊上。"什么事都不会发生，"我安慰他，"没准整件事情只是一个恶作剧。"

他嘴里嘀嘀咕咕地走在我的前面，打开了学校大门的锁。在锁上大门之前，他一脸严肃地对我说："如果你需要我，就大喊，听懂了吗？使出吃奶的力气喊我，我就会来帮你！我说到做到！"

我笑笑，没说话。一个听到鬼就怕得要死的人还想帮我？

夜里和白天的景象完全不同。街道突然变了样，公园呈现出一幅新面孔，大大小小的房子变身为令人胆战心惊的土牢。以前，我一直认为闭着眼睛我都能在学校的走廊、教室行走自如。然而，此时只有街灯的微弱光线，我突然觉得仿佛置身于一个陌生的星球。我不断地撞到墙，在楼梯上跌跌撞撞地走，最后被早上就在那里的一包垃圾绊倒。

我不由自主地害怕起来。唉，无稽之谈，根本就没有什么鬼嘛！但是现在，当我站在教师办公室旁的一个角落里时，我觉得即使幽灵、吸血鬼或者狼人在下一刻挤满了学校，我都不会感到吃惊。

在恐惧中，我做了一件我本该避免的事

情：我把手电筒打开了。

我立即觉得好多了，仿佛亮光把游荡在学

校大楼里的鬼怪们都赶跑了。而且重要的是，恐惧从我的身体里消失了，让我有胆量走出我的藏身地。

当我穿过这座两层楼的建筑物时，发现在教师厕所里有四个香槟瓶子，在二年级 A 班的教室里有只死老鼠。

我还发现了点别的：地下室的自行车停放处没有锁门，任何一个人都可以舒舒服服地从这个门潜入学校。

处长在十二点以后来开门放我出去时，我也跟他讲了这点。

但他只是耸耸肩。

"可能吧，"他咕哝道，然后问，"有什么发现吗?"

我摇摇头。

"我看见你打着手电筒在楼道里走动，"他说完打了个哈欠，"没准儿鬼怪都被你吓跑了。"

"也许吧。"我附和道。

"但是我不可能每晚都让学校的灯亮着，"处长考虑片刻后说，"这得花多少钱!"

我们说话的时候，一片云挡住了月亮，夜色更暗了。

"我送你回家吧。"处长说。

"我走路更快。"我说，"明晚您再把我锁

进学校一次，好吗?" 他用那只和马桶盖一样大的手抚摸我的头。"我不知道这样做好不好，" 他咕哝道，"我不喜欢这样干。"

"我也不喜欢。" 我说。

回家的路上，我的大脑急剧转动。处长只是忘记锁上自行车停放处的门吗？还是他另有所图？这次是不是又有人打算把我的思路引入歧途？

这晚，在入睡之前，我决定明晚即使看到校园里挤满了无头鬼怪和幽灵，也不把手电筒从背包里拿出来。

10 小时 睡 眠
3 小时

困 得 要 命

早上起床时我困得要命，因为我只睡了7个小时。直到第二节课，康泽尔曼先生把德语作业本发给我们的时候，我才清醒过来。我的作业本上写着"勉强及格"四个字。上篇作业可是"不及格"呀，很显然，妈妈的督促起到了效果。

不过，我的老师似乎对此有不同的看法。

"我想和你妈妈谈一谈。"他一脸严肃地对我说。

实际上，这没什么好紧张的，可他总是这样，即使我得了 100 分。

"为什么?"

"这还用问?"他叫起来,"你本可以成为一名很优秀的学生,现在却一个接一个的'勉强及格'。"

"啊,这个……"我本想向他解释,大部分的名侦探学习成绩都不怎么样。

然而康泽尔曼先生不让我说话。"让你妈妈打电话给我。"他咕哝着,"最好明天就打,在第一个课间大休息的时候。"

回家的路上,我经过了奥尔佳的售货亭。她守在那里喝一种散发出大蒜味道的汤。"你也想尝尝吗?"她问。

我摇摇头。除非我快要饿死了,否则我绝不会喝大蒜汤的。

"那来一瓶汽水怎么样？"她继续问。

"太好了，奥尔佳！"

她打开了一瓶冒着气泡的柠檬汽水放在我面前，再把自己的汤碗放进售货亭角落里的一个水槽里。

"说说吧。"她说。

"我的德语作业得了个'及格'。"我说。

她一拳打在我的肋骨上，疼得我倒吸了口凉气。

"我说的不是这件事！"她叫起来，"我关心的可不是你的分数。你的闹鬼案调查得怎么样了？"

于是，我向她汇报了昨天夜里的经过。奥尔佳是世界上最好的听众，和她说话简直就是种享受。

"有点儿不对劲。"在我沉默的时候，她突然说道。

这一点我也感觉到了。

"是什么呢？"我想知道她的想法。

她若有所思地摸摸鼻尖："我有个感觉，处长对你有所隐瞒。"

　　"你说得没错，"我附和道，"可他想隐瞒什么呢？"

　　"不知道，克瓦特。"她回答，"你下次行

请微笑！

动时无论如何得注意一下这位先生。"

回到家，一切都没那么糟糕。午饭时，当妈妈看到我的分数，她只是叹了口气。我告诉她康泽尔曼先生要她打一个电话时，她也很平静。这真是不寻常，在以前，我的分数对她来说就是世界上最重要的事。

"你怎么了？"我惊愕地问。

她把我拉进怀里。"昨晚一个小女孩死了，"她轻声说道，"真是糟糕，你知道吗，太糟糕了。与此相比，德语得个这样的分数并没什么。"

我亲了亲她。"这个女孩病得很重吗？"我想知道。

"很重。"

整个下午我轻手轻脚地在房里走动，并将音乐的音量调小到出了房间就听不到的程度，然后认真仔细地做家庭作业。我好久都没这么自觉了。妈妈检查我作业时，很久都没有如此高兴过了。而我也很开心，因为妈妈又露出了笑脸。

妈妈去上夜班前，总会来到我的房间跟我告别。

"别看那么久的书。"她说。

我点点头。

"明天见。"她说完，亲了亲我。

大门还未完全合上，我已做好出门的各项准备。

十分钟后，我站在处长的房门前按响了门铃。像昨晚一样，他极不情愿又犹犹豫豫地把我锁进了校园。

要么是他担心丢了工作，要么就是他真的

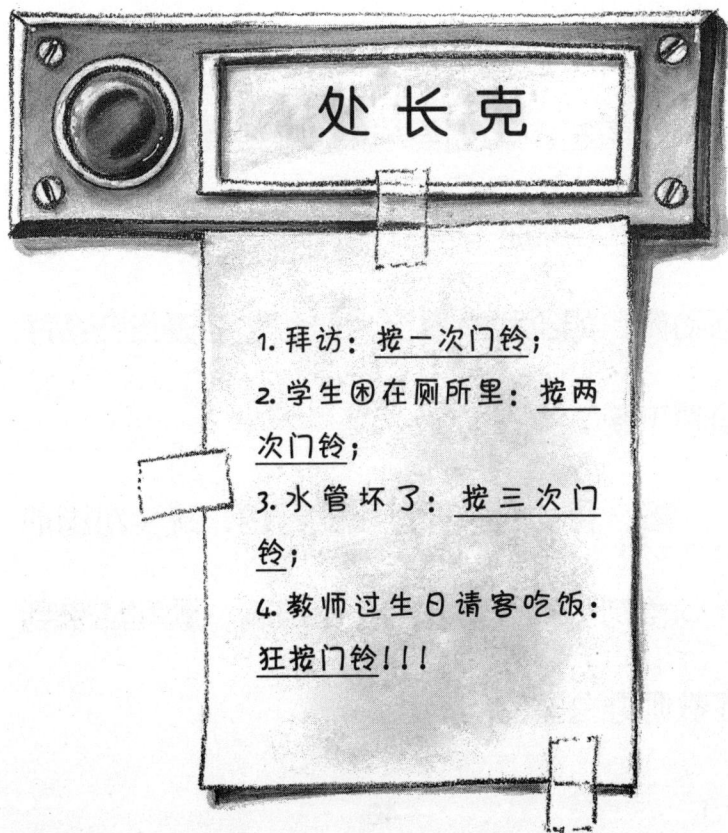

处 长 克

1. 拜访：按一次门铃；
2. 学生困在厕所里：按两次门铃；
3. 水管坏了：按三次门铃；
4. 教师过生日请客吃饭：狂按门铃！！！

隐瞒了什么。

我四处转悠，最后在一楼的一个窗户边找了一个可以藏身的位置。这里既可以看到处长家的房子，又能看到学校的操场和大门。一旦有什么不寻常的事情发生，从这里可以将一切动静尽收眼底。

十点整，天已黑尽，我听到我头上的那层楼发出了声响。我看了一眼处长家，并没有任何动静。如果我没看错，他和他老婆正在客厅里看电视。

好，行动！我抓过我的背包，蹑手蹑脚地摸向楼梯。我没有发出任何声响，顺利地来到了教师办公室的门前。

我听到的响动无疑是从这里面发出来的。轻声的说话声、乒乒乓乓的敲击声、来回走动的脚步声，听起来确实像是鬼魂出没。此外，门底下还透出惨黄的灯光，没准儿他们在里面使用的也是手电筒。

我该怎么办呢？推门而入？还是埋伏着，等待他们出来？又或者，跑去处长那里叫警察？

这些我都不喜欢。它们不是一个自视甚高的侦探该有的想法。此外，我承认，我不敢肯

定房间里发生的事真的与鬼怪幽灵毫无关系。

尽管我观察的位置视野开阔，但我还是没有留意到它们是怎么进来的，难道它们真的有穿墙而入的本事？

我检查过所有的门窗，它们都关得严严实实的。如果楼上制造声响的这些生物并不是从办公室的墙进入室内的，那就只剩下一种可能：自行车停放处。

在夜幕的掩护下，我迅速来到地下室的自行车停放处。果然和我猜的一样：自行车停放处的大门像昨晚一样敞开着。它们正是从这里进入的。

我抓过背包，拿出最后一片卡本特。我的

舌尖还没来得及品尝那无与伦比的滋味，我的呼吸已瞬间平息下来，我的大脑开始把各种碎片信息拼接起来：鬼怪幽灵不会从地下室的自行车停放处潜入大楼。对它们来说，那完全没必要。因此不管他们是谁，楼上的肯定是普通人，他们肯定会从这里离开大楼，我只需要把守住这个出口，到那时，我就可以顺藤摸瓜，揭开他们的真面目。

刚想到这里，我突然听到身后传来响动。那声响听起来就像某人正用脚踩灭烟头。我转过身去——我平生第一次将口香糖咽下了肚——因为在楼梯上，站着一个鬼！

一个真正的鬼！

我本来下定决心，绝不用手电筒，但是现在我的手不由自主地伸进背包里想掏出它，并将它打开。毫无疑问，我面前站着的就是一个粉红色的鬼！在它的皮下面可以看见一双黄色的运动鞋。

然而，鬼是不会穿运动鞋的！我的脑子里

闪过这个念头。这时，这个东西转过身想往楼上逃窜，而我不知中了什么邪，居然追上去。也许是那双在手电筒光照射下，发出亮光的黄色运动鞋在召唤我。

一个脚穿黄色运动鞋的鬼没什么可怕，对不对？

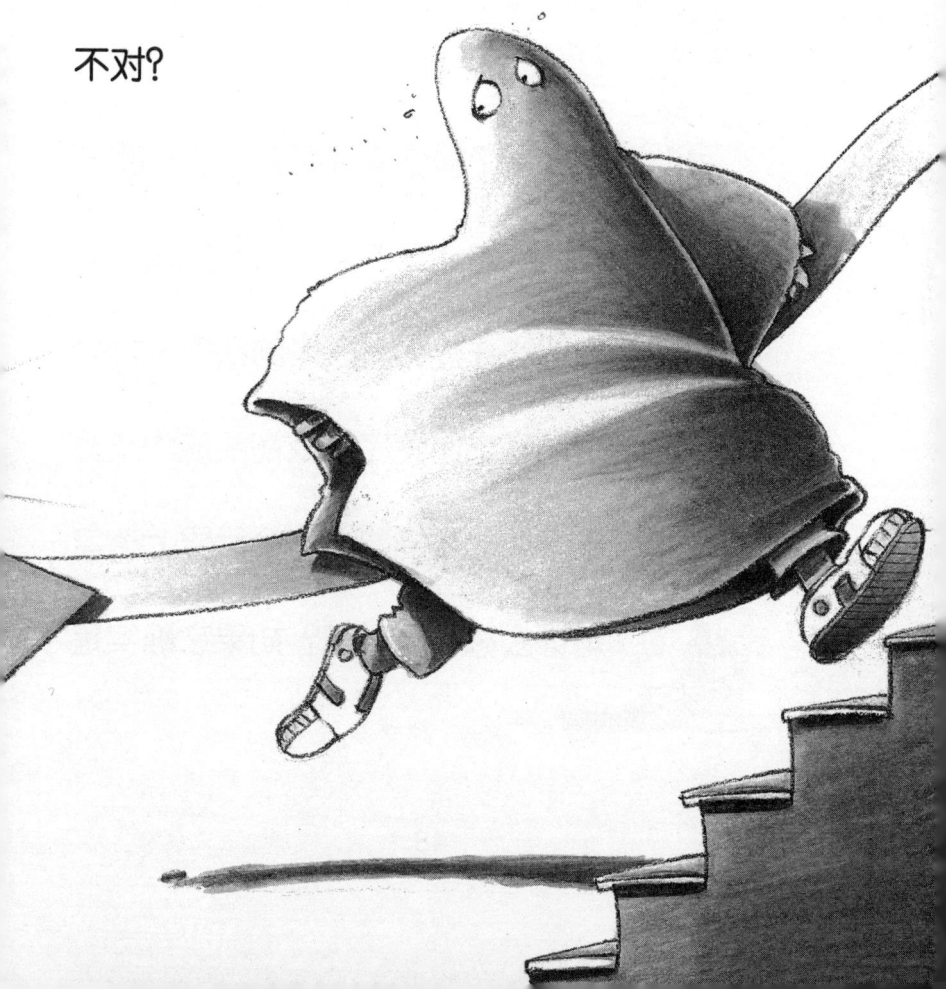

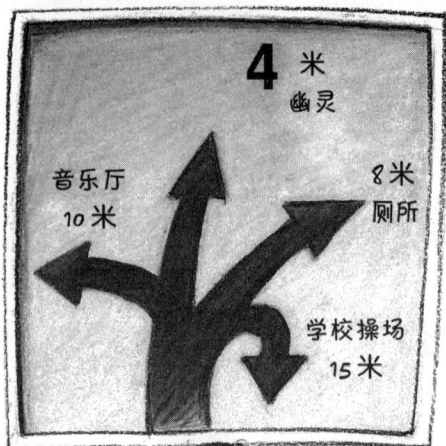

4 米
幽灵

音乐厅
10 米

8 米
厕所

学校操场
15 米

这个粉红鬼跑得并不快，我一点点地追上了它。此时我充满了对追捕的狂热，脑袋中的最后一丝恐惧也随之消失了。我在头脑中反复琢磨着一个问题：这个世界上究竟有谁会藏在床单下？如果它确实是一具只剩骨头、能把头别在胳膊下的骷髅，那么它的步态肯定会有所不同。可我眼前的这个生物显然就是一个人。

跑到办公室附近时，我们之间的距离只剩下一米了。我的机会来了。我一跃而上扑向这个鬼，可惜只抓住粉红色床单的边角。我面前的这个家伙一个踉跄（liàng qiàng），挥舞着双臂，和我一起摔倒在坚硬的地板上。我的手电筒摔了出去。我听到玻璃破碎的声音——随即一片漆黑。

认识我的人都知道，我痛恨暴力，我总是尽可能用和平的手段解决所有问题。但是现

在，在伸手不见五指的黑暗里，一切又另当别论了。说不定我们双方都不想打架而只想摆脱对方。但是那个床单，那个突然铺天盖地落下来的床单，让我们无可救药地纠缠在一起，开始了殴（ōu）斗。我时而踩到某个软软的、触碰起来像人脸的东西，时而又碰到某个坚硬的、很可能是膝盖骨的东西。同时，我的眼睛挨了重重的一拳，胸口那里也受到一记重击，疼得我无法呼吸。

办公室的门突然打开了，从里面窜出三四个人影。我还没反应过来，粉红鬼就挣脱了我的纠缠，一瘸一拐地跟着他的同伙仓皇逃跑了。我很清楚他们会跑去哪里：自行车停放

处，并从那儿逃出学校。

　　尽管我应该跟着跑出去，但我还是放弃
了。一场斗殴并没有带来什么进展。不过，至
少我拿到了一个证据。打斗的时候，我从粉红
色床单上扯下了一块布，它一定会带领我揭开
粉红鬼的真面目！

　　我费劲地站起身，看了一眼办公室。在微

弱的街灯下，这里看起来并没有什么不对

劲的地方：屋子中间有一张大桌子，上面

摆放着教科书和学生们

的作业本，窗台上放着

一些体育用品，水槽里

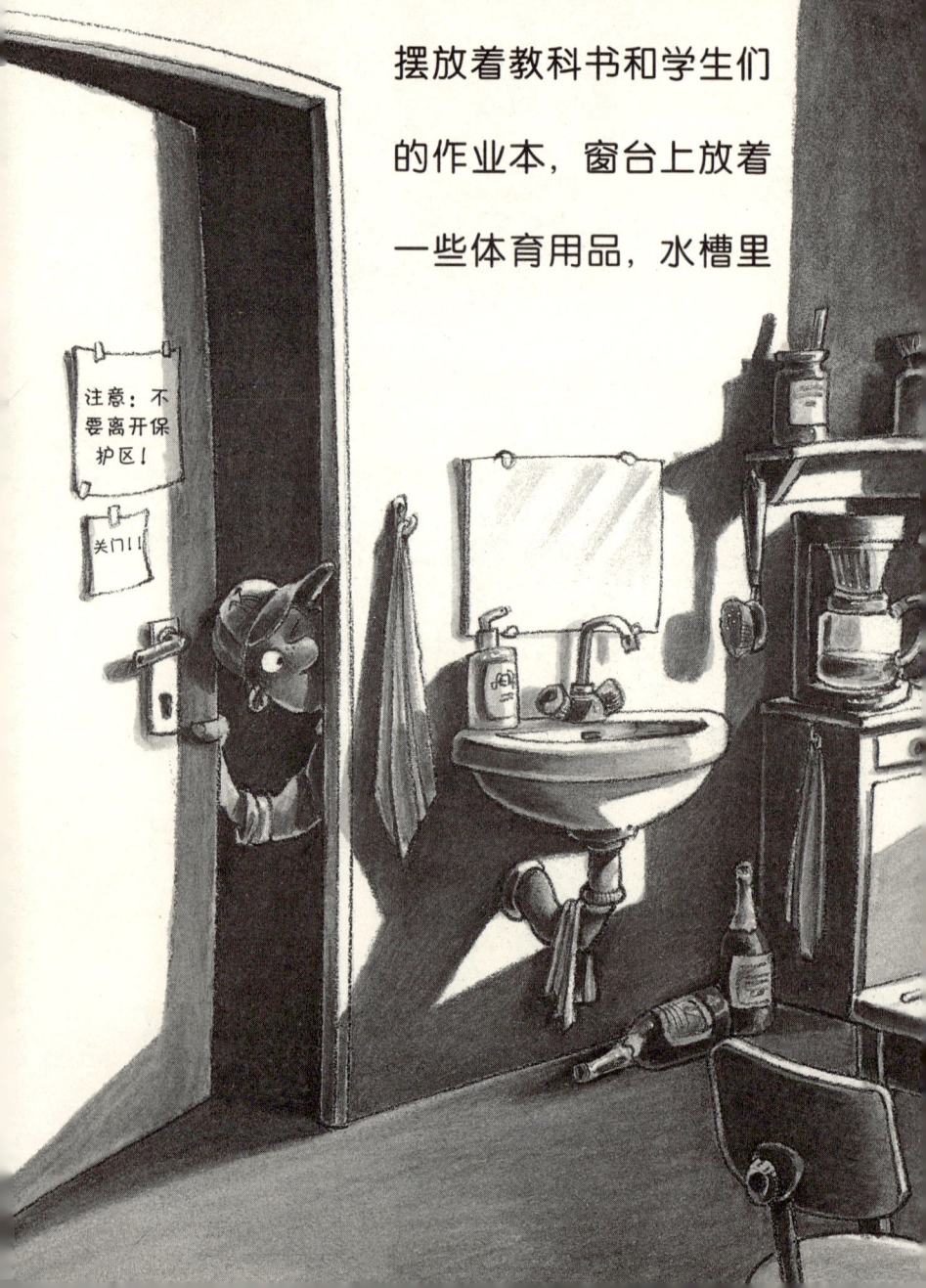

注意：不
要离开保
护区！

关门！！

堆着几个用过的脏盘子和香槟杯。

这样看来，逃跑的那几个人并不是来偷东西的。那么，我的神探卡莱·布鲁姆奎斯特啊，他们到底想干什么？

我也从自行车停放处离开了学校大楼，跑向处长的家。他和老婆仍然在看电视。他开门看到我时大吃一惊。

"发生了什么事？"他叫道，并指着我的眼睛。我感觉那里正在慢慢肿起来。

"我和鬼打了一架。"我回答，并简短地叙述了事情的经过。

"那么说并不是什么鬼。"他咕哝道。

"不是。"

"那么是真人了。"他继续说。

"穿黄色运动鞋的真人。"我补充。

"接下去你打算怎么做呢?"他问。

"我已经有了一个计划。"说完我动身回家了。

这晚我睡得像一头死猪。没听到闹钟响，也没听到妈妈回家的声音。当妈妈把窗户打开时，我都没有醒。直到她惊叫一声，我才清醒

睡觉前请摘掉帽子!!

过来。

"你的眼睛怎么了?"她大叫。

"我的眼睛?"我嘟哝着,仍然困得不行,完全没搞懂我妈的意思。

"我们必须马上去看医生!"她大声说,并把我的被子掀开。

这会儿,我才想起昨天夜里发生的事。"没事儿,妈妈,我不过是撞到了眼睛,就在厕所门上。"

我找话搪塞(táng sè)了过去,以免妈妈真的带我去看眼科医生。现在我可没时间节外生枝，今天我就要破案！关于这一点，我的脚趾尖儿都感觉到了。不过，为此我得先到学校，并且尽快！

现在，我的一只眼睛已经完全肿起来了，只剩下一条细小的缝。但我无所谓，只要我的另一只眼睛还能起作用，我的调查就不会停下来。

在学校里，大伙自然都拿我的尊容开玩笑，一个比一个更口没遮拦。我一点也不在乎，因为在第一节课上我就有所发现。

一切是那么不可思议，难以置信，让我惊讶地说不出话来。

康泽尔曼先生一瘸一拐地走进教室，不仅

如此，他的左脸还有一道很深的抓痕，一点也不像是刮胡子时不小心刮破的。这个抓痕该不会是我的杰作吧？康泽尔曼先生难道就是那个

粉红鬼?

这事居然发生在一个平时严厉得让所有学生都畏惧的老师身上，让我简直无法想象！

一个枯燥乏味、没有幽默细胞的人怎么会在夜里装鬼?

在两次课间大休息的时候，我仔细观察了其他老师，发现只有康泽尔曼先生一人瘸着腿。

没有第二个人像他那样鼻歪眼斜、身上带伤。康泽尔曼先生毫无疑问地成为我唯一的怀疑对象。

下了第六节课，该吃中午饭了，可我一口也没吃。我一路跟踪着下班的康泽尔曼老师，向他家走去。

他住得离学校并不远，于是和平时一样步行回家。

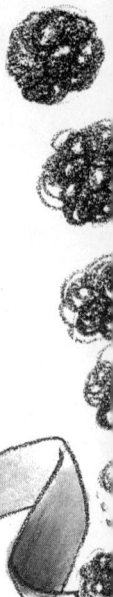

为了以防万一，我在他身后始终保持 50 米的距离，然而他一次也没有转身或回头。

到家后，他打开了房门，从前院的信箱里取了邮件，然后进了里屋。

我等了几分钟，见周围毫无动静，随即轻手轻脚地靠近房子。房子的前院并没有发现什么可疑之处。不过在房子后院的草坪上，我发现一条晾衣绳上正晒着不少衣物。这引起了我的兴趣，甚至是极大的兴趣。

　　我费劲地穿过草坪边的冬青树丛，飞快地跑到一株矮松边。我藏身在松树的枝叶之中，看见晾衣绳上的裤子、衬衣、床单正随风飘荡。我发现其中有一条床单是粉红色的——这一下，连三岁小孩也能嗅出真相了吧！我猫着腰低着头奔过去，想再好好看看。床单被撕走了一小块！这个发现并没让我吃惊，反而让我不由自主地冷笑起来。即使是最疯狂的梦，我

都不会梦到我将把康泽尔曼先生交到警察的

手里。

　　就在这个时候，我听到背后传来一个愤怒

的男人的声音。

5

一转身，我的面前站着康泽尔曼先生。他歪戴着眼镜，头发胡乱地耷拉在脑袋上。

"你在发什么神经，男孩？"他冲我大声嚷嚷，"你怎么随随便便跑进来？如果人人都像你这样还得了！"

我深深吸了一口气，康泽尔曼先生毕竟还是我的老师，他曾经给过我"勉强及格"的分数，那么以后还可以再给我。

"您装鬼。"我说。

他瞪着我，仿佛我变成了两个头的母牛。"你……你……说什么？"他结结巴巴地问。

"您装鬼。"我用不容置疑的声音重复了一遍，然后指着他脚上那双黄色的运动鞋，"您昨晚穿的就是它。"

我从裤兜里掏出那块碎布，拼到粉红色床单上。果然配得天衣无缝。"这个床单就是您当时披在身上的那条。"

康泽尔曼先生仿佛瞬间矮了几分。他摘下

眼镜，揉了揉太阳穴。最后，他开口了："到房里来吧，孩子。我想我得告诉你一些事。"

这样，我听到了一个故事。这个故事如此离奇荒诞，使人不得不相信它是真的！

故事是这样开始的，老师们集体决定，在他们尊敬并喜爱的处长克先生50岁生日时，给他一个特别的惊喜。

这个蛋糕的主意不太好，是吗？

67

他们要装饰所有的教室以及走廊，并且在校园的一个角落里竖立一个跟他本人一样大小的石膏像，这将是这场惊喜的高潮。只是没人愿意在自己家里制作这些花环、图片、彩旗以及石膏像。

于是老师们想起了一次集体春游时，这个

虎背熊腰的处长是怎样表现出他胆小如鼠的原形的。那天，一位女老师穿着睡衣在旅馆走动，在走廊偶遇处长，竟把处长吓得立即大叫着逃回

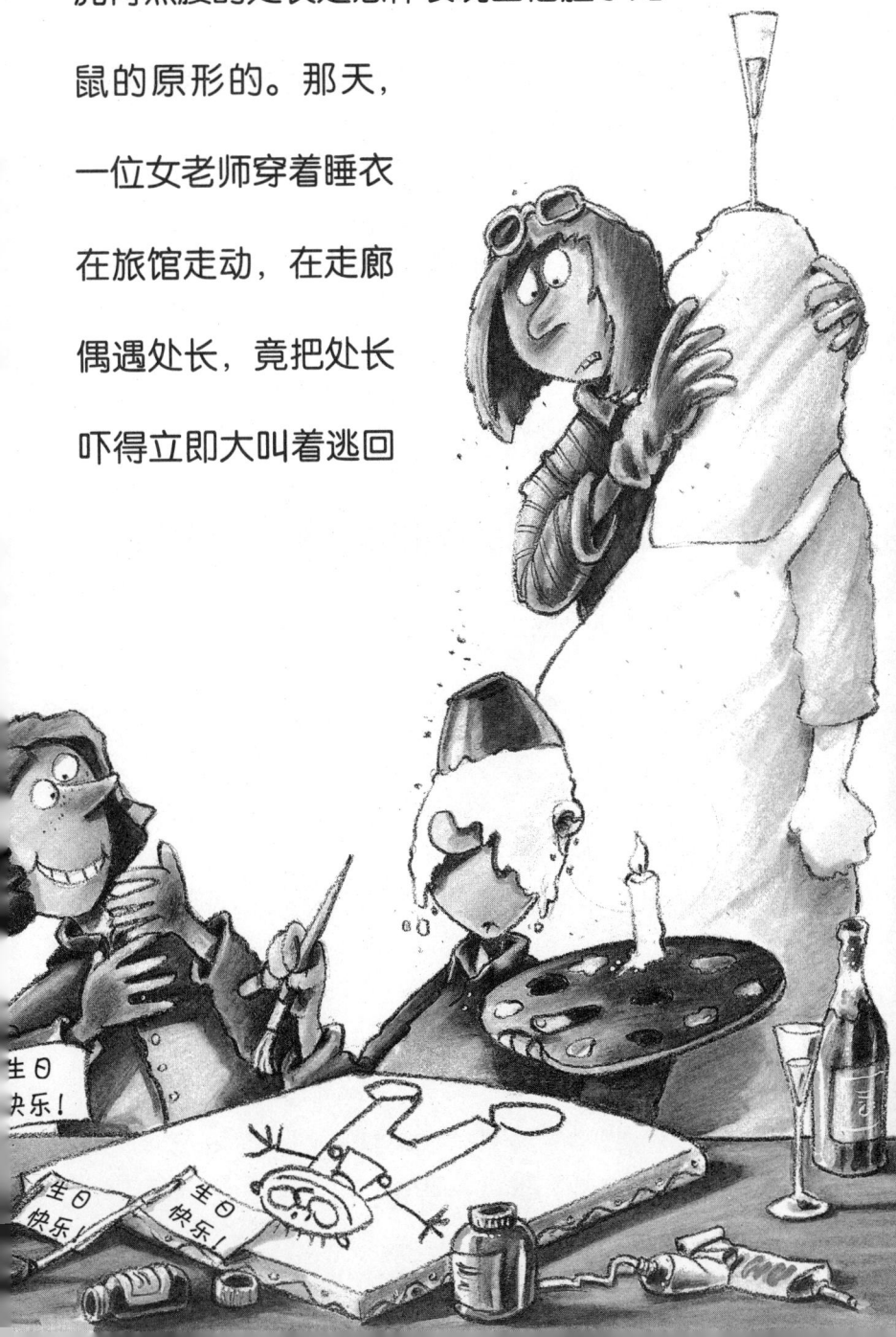

了房间。直到第二天，他仍然认为他遇到了幽灵，其实那只是迈耶尔女士，她本打算去买一瓶汽水。

说到这里，我打断康泽尔曼先生："因此你们决定把准备工作转移到学校？"

我的老师点点头："我们总在礼拜三和礼拜四晚上十点到十二点碰头。相信我，我们度过了开心的时光。"

我想起了那些我在巡视时发现的香槟瓶和杯子。"所以您扮演了那个粉红鬼。"我说。

他又点点头："有时，我们不得不横穿整

个操场，将石膏像以及其他东西搬运到另一个地方。于是我就得披着床单，挡在我的同事们前面。直到昨天，一切都进行得很顺利，处长克先生被吓得礼拜三和礼拜四晚上不敢再进校园。但我们没想到，他竟然请了个侦探帮忙。"

房屋管理员一周工作安排						
礼拜一	礼拜二	礼拜三	礼拜四	礼拜五	礼拜六	礼拜天
开大门 扫院子 擦窗户	修理 女厕所	换灯泡	给教室门 上润滑油	打扫 体育馆	享受周末， 看体育节目！	
		晚上， 不要进入校园！ 因为：		关学校 大门		

他摸了摸自己的脸，说："你出手可真不留情啊。"

我也摸摸我的眼睛，它疼得要命。"您不也是，康泽尔曼先生。"

我俩沉默了一会儿，他问："你不会去告发我们吧？"

"当然不会！"我毫不犹豫地回答道，接着又问，"生日是什么时候？"

"明天。"康泽尔曼先生回答。

"那你们都准备好了吗？"我想知道。

"是的，今晚我们就得把一切都装饰好。"他指了指外面的院子，那里的衣物仍在风中飘荡，"而且，我还得再装一次鬼。"他边说边叹

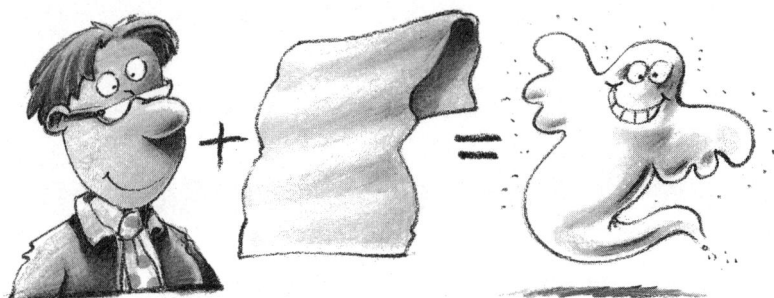

了一口气。

"尽管去装吧，您不必顾虑我，康泽尔曼先生。"

他送我到门口时，把一个 5 欧元的硬币塞到我手里。"谢谢你替我们保密，"他说，"用这钱买点喜欢的东西吧。"

"卡本特。"我说。

"什么?"

"我要去买卡本特牌口香糖。它是味道最好的口香糖。您也该尝尝。在奥尔佳售货亭有卖。"

73

那天，生日会演变为一场华丽而热闹的庆典。很多人前来跟处长握手，他被这喧闹而乱哄哄的场面搞得不知所措。而我们第一二节课都没上，这正中我们下怀。

首先，女校长发表了精彩的讲话，然后，教师合唱团演唱了自

己创作的抒情歌曲。我们的教舍管理员处长先生眼里闪着泪花地把我拉到一边。看得出,他感到非常快乐和荣幸。"昨晚又闹鬼了。"他对我耳语道。

"这次是真的鬼。脸色惨白得像墙壁，还有两个黑眼洞，肯定吓破您的胆。我向您保证！"

我把手放在他的胳膊上。"但这是最后一次。"我说。

"你肯定，克瓦特？"

"百分之一亿的肯定。"我回答。

"可你为什么这么肯定？"

"职业机密。"

处长从裤兜里掏出五包卡本特来。

"你的报酬。"他说，"但是如果再闹鬼，我要把付你的每一分钱都要回来。"

"一言为定。"我说。

生日庆典之后，我路过奥尔佳的售货亭。我得排队，在我前面的是康泽尔曼先生。他买了一包卡本特。

"买来尝尝。"他说完对我挤挤眼。

"这人不错。"康泽尔曼先生消失在街角时，奥尔佳说。

"不错？我不知道。"

"你对他有什么不满吗？"她问，并把一瓶汽水推到我面前。

"哎，他可是我的老师。"我喝了一大口汽水之后接着说，"此外，前天晚上他把我的眼睛打肿了。"

于是，我给她讲了这个闹鬼案的破案过程，奥尔佳不时地爆发出响亮的笑声。

"他确实是一个好人。"她说。我没有说话。"一个能装鬼的老师不会是一个坏人。"

我还能说些什么呢？奥尔佳认为有道理的事情通常确实有道理。

克瓦特探案集

下水道里的神秘人

严莹 译

了解我的人都知道，我喜欢单枪匹马去破案。唯一可以对我指手画脚的，是我最好的朋友奥尔佳。她不仅总是为我提供充足的卡本特牌口香糖，还常常给我恰到好处的点拨。虽然我不喜欢把感激挂在嘴上，但我还是要说：如果没有奥尔佳，我不会成为一位成功的私家侦探。

不过，上两周，

我没能得到她的帮助。她乘一艘大型豪华游船去地中海旅游了。在这段时间里，售货亭关门歇业。在她出发前，为了保险起见，我专门去她那儿买了不少卡本特储备起来。尽管如此，口香糖最后还是吃完了。

无论我做家庭作业还是追查小偷、骗子，

如果没有这无与伦比的卡本特，我的脑子就是一团糨糊。所以，昨天早上还没到七点我就去售货亭排队了。那个队伍好长，从售货亭一直排到了 27 路公交车站。看来，我并不是唯一一个望眼欲穿地等待奥尔佳回来的人。

终于轮到我了。"五包卡本特。"我说。奥尔佳热情地握住我的手使劲摇晃，差点把我的手腕晃脱臼（jiù）。

"克瓦特，你确实该买这么多。"

"船上过得如何？"我问。

"风很大。"她一边回答，一边把口香糖推到我的面前。我立即撕掉外包装纸，塞了一片到嘴里。一瞬间，我的味觉细胞就欢乐地跳起了探戈。

奥尔佳弯腰趴在柜台上，轻声地对我耳语道："我得给你一个忠告：千万别坐豪华游轮。"

"为什么？"

　　"它就是一个海上养老院。"看着我瞠目结舌的样子，她补充道，"我在这个庞然大物上，充其量就是一个十几岁的孩子。"

　　我不想打击我的好朋友，要知道，五十岁可不算年轻。但是现在，她晒过的皮肤呈现出巧克力色，身上的短袖衫印着"SEXY HEXY"（性感女妖），整个人看起来顶多四十岁。

好吧，四十五岁的她确实和老爷爷老奶奶一点不沾边。

排队的人似乎嫌我们聊得太久，已经开始有点骚动了。我可不想和人吵架，所以我把卡本特塞进了我马甲的内包里，正打算跟奥尔佳说再见。

但是奥尔佳还准备了一个惊喜给我。她把一个小礼盒放到柜台上。

"给你，卡瓦特。"她甜甜地说，"你可把我想死了！"

就在这个节骨眼儿，后面的一个男人终于忍无可忍，发火了，发大火了！他用力地抓住我的肩膀，把我拎出了队伍。"你们打算在这儿一直待到圣诞节吗？"他咆哮道。这人跟奥尔佳买过一条不带过滤嘴的香烟以及一份傻里傻气的漫画报。

妈妈曾经说过，在大人们很着急的情况下，千万不要去和他们争辩，否则他们就会血压升高、肠胃难受。因此，我对我的朋友奥尔佳大声喊了句"谢谢"，就赶紧往家走了。

在路上，我打开了小礼盒。里面是一瓶看

起来像毒药的绿色沐浴液，散发的香味夺人魂魄。我立即明白了，为什么她会带这个礼物给我。我的上个案子就是与味道有关系的，只是那味道远没有这么好闻……现在就让我跟你们讲讲那个案子吧。

那天，奥尔佳的售货亭像平常一样六点整开门了，一分不差。

对于这点我一清二楚，因为我在查案时多次观察过。

首先，她将柜台前沉重的铁栅栏拆下，放进售货亭后面的一个箱子里，随后打开了后门上三个特制的门锁，再将堆放在售货亭前的那一大摞报纸杂志搬进来。

然后，她将报纸一一插进报栏，把零钱放进钱箱，从暖水瓶里倒出一杯咖啡，开始等待第一位顾客。

这样周而复始的节奏，一直进行到五月的一个礼拜六。这天我无事可干，于是决定去看看奥尔佳。鸟儿们在树丛中叽叽喳喳，几百台割草机在草里游来钻去。离我上一次查案已经过去了三个月。三个月！就像一个世纪那么长。如果再不发生点什么，我就只能自己去"犯点事"了……

"来点汽水？"我还没开口呢，奥尔佳就发问了。

我点点头。

"算我的。"她边说边递给我一杯汽水。

我谢过后喝了一大口。

"我需要你。"奥尔佳神神秘秘地接着说。

"别甜言蜜语了。"我咕哝道。

要命！这奥尔佳怎么越来越离谱，之前是"我的天使"、"我的甜心"，现在是"我需要你"。总有一天，她要当着所有的人对我说

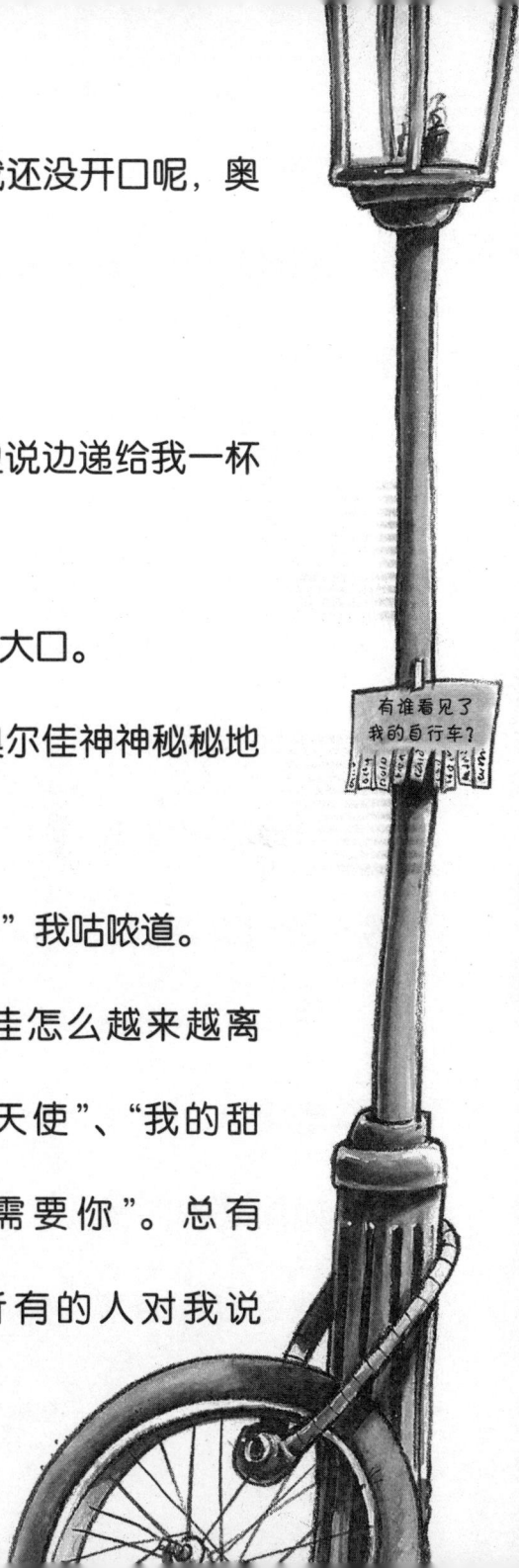

有谁看见了
我的自行车？

"我爱你"。

她摇摇头："我不是甜言蜜语，克瓦特，我被偷了！"

"钱箱里的钱少了？"我问。这会是我的新案子吗？看起来像。总算等到了！

"没有。是报纸。"

"真是激动人心！"我失望地说，并把杯里的汽水一口气喝完。

"你能帮我查清楚是谁干的吗？"她的眼里满含着期待。

如果是她的钱，或烈酒、香烟什么的被偷，我会立即答应。然而报纸——"不，谢谢!"我回答。

奥尔佳从后面拿出了
五包卡本特放在柜台上。

我摇了摇头。

"你这是敲诈!"她嘀咕道,不情愿地加了
三包。

我还是摇头。

她叹息着把报酬加到十包,并把它们推到
我的面前。十包卡本特!为此让我去找已经绝
种的侏儒兔我也愿意!

"说吧,发生了什么事?"我说。

原来,今天早上她开门时发现装有不同报
纸的五个包裹都被人拆开了,每一摞报纸各少

了一份。

"各只少了一份?"我问。

她点点头。

"所以把你激动成这样?"我接着问。

"当然!"她骂道,"如果人人都来白拿一份报纸那还得了!"

"然后呢?"我问。

"没有了。"

"你有没有怀疑的对象?"

她摇了摇头,问我:"你打算怎么行动?"

"这个让我来操心吧,奥尔佳。"

第二天早上,我五点半来到了售货

亭。为了准时到，我五点就起床了。

　　我的卡莱神探啊，我一定是发神经了，来
调查什么报纸被盗的案子！这种案子简直就是
入门级别的。但愿别给城里别的侦探知道了，
否则我的一世英名将毁于一旦。

丢掉空
瓶子！

当然，我希望能现场抓获小偷。但是当我到达售货亭时，三个报纸包已经被人打开。看起来每摞报纸又只少了一份。另外，我在地上发现了一个无过滤嘴香烟的烟头、一个可乐瓶盖和一块电池。我把它们装进了我随身携带的塑料口袋里。

　　这个时候，一股令人作呕的臭味钻进了我的鼻孔。售货亭周围都是这种臭味，仿佛是一

种混合了大便、变质牛奶、小便和腐烂苹果的气味。循着这股臭味，我来到了售货亭的后门，在那里发现了两个湿湿的脚印。大约 43码，我估计。本来我还觉得这个案子很无聊呢，但是现在这股可疑的气味令我兴趣大增。就是它，让我一头扎进我的侦探生涯中最危险的一桩案子里。

等到六点钟奥尔佳来开门时，我只是告诉她，我还需要一点时间，然后就跑回家补觉。

2

礼拜天和礼拜一的晚上又是我妈妈值夜

班。九点左右她来到我的房间，像往常一样亲

了亲我。当时，我正躺在床上翻看漫画《幸运

的卢克》①，听着滚石乐队的经典老歌《红宝石的星期二》。

"再过半小时要关灯哦。"妈妈说。

"好好。"

"说话算话？"

我打了个哈欠："好好。"

她把手指插进我的头发，问："你是不是又有了新案子？"一个礼拜前她就问过同样的问题，难道妈妈开始对我的侦探工作产生了兴趣？

"不是什么大案。"我说，"奥尔佳的报纸被偷了。"

---

① 《幸运的卢克》：欧洲漫画界的传奇作家、漫画家勒内·戈西尼的代表作。

看来，我的回答让妈妈松了口气。"那好吧。"她说。之后，她开车去了克里斯多夫医院。她是那里儿科住院部的护士。

她前脚走，我后脚就把闹钟上到三点，然后关上了灯。一般情况下，我不会在十点前关灯睡觉的。但是，为了明早的早起，我得好好睡觉。

7个小时之后，我正在做梦，梦见我开着奥尔佳的老爷奔驰车"梅赛德斯280"飞向了月球。这时，闹钟响了。我闭着眼睛摸到了这个讨厌的东西，然后奋力地扔了出去。（幸亏上个圣诞

节，妈妈送我的这个闹钟耐摔。）

然后我穿上我的厚毛衣，从冰箱里拿了一瓶牛奶当口粮，再装上一包卡本特牌口香糖和手电筒，就出发了。

外面还是一片漆黑，天上挂着一轮惨白的月亮，街上一个人也没有。

尽管如此，一路上我还是尽量躲进街道两旁房屋的阴影里，我可没兴趣在下一个街角遇见一辆正在巡逻的警车，然后不得不回答一连串愚蠢的问题。

我毕竟不能告诉警察，我这是去上学。

当我到达售货亭时，手表的指针指向三点半。马路两边下水道的窨井口冒出白色的雾

气。一股股寒意爬进了我的厚毛衣

领子里。

报纸还没到。

我藏到售货亭对面的灌木丛里，允许自己喝了一口牛奶，然后将一片卡本特牌口香糖塞进了正在打寒战的牙齿之间，便开始了未知的等待。

　　半小时后，一辆送货车来了，车身上印着"施密特送报车"。一个穿着绿裤子、绿外套，

戴着绿帽子的男人跳下来，打开车后门，将装有报纸、杂志的包裹扔到了奥尔佳售货亭前的空地上。然后，他驾车飞也似的离开了，轮胎发出刺耳的声音。

之前，我的两个眼皮子还在打架。但是现在，我完全清醒了。我仔细察看周围，除了冒白烟的窨井口外，四周没有任何动静。

但是，从一家时装店的阴影里，突然冒出来一个黑影。在街灯昏暗的灯光中，我勉强看出是一个身材高大的人。他穿着深色外套，防风帽严严实实地将脸遮住。他迈出几个大步就到了报纸前，将包裹一个接着一个地拆开。他的动作看起来绝不是第一次干这事。我该怎么做？盘问他？如果他攻击我又怎么办呢？他比我高两个头，肯定比我强壮三倍。最保险的是跟踪他到家，然后把他的地址告诉奥尔佳，最

后由奥尔佳决定是报警还是和这人调解。

　　我没空再多想。这会儿，小偷已经把偷来的报纸夹在胳膊下要跑了。我让他先跑三十米左右，再跟在他后面。

　　这家伙的速度快得惊人，很快我们的距离就越拉越大。最后，必然地，在市政厅和警察总局之间错综复杂的小街中，我把他跟丢了。我喘着粗气停了下来。

30 米

我的心仿佛在嗓子眼那里蹦个不停，双腿软得像烂泥，胃里难受得要吐出来。

　　这时，一股熟悉的气味窜进了鼻子。就是我在售货亭前闻到过的，由大便、小便、变质

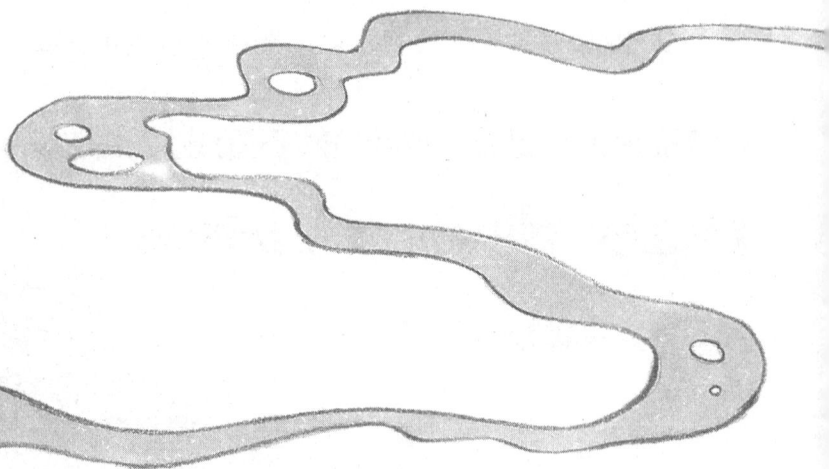

牛奶和腐烂苹果的气味混杂出的恶臭！

　　我喝完最后一口牛奶，循着臭味找去。有几次，当我以为跟丢了它时，我就站在原地，等待气味再次飘进鼻子。这会儿，城市的上空

已经微微发亮，早起的人们纷纷上路。不一会儿，小偷的气味就会被新鲜面包的香味以及汽车的尾气味掩盖。如果我还想查明小偷的去向，那么我的时间可不多了。

不知什么时候，我来到了城市剧院后面的空地。在这里，这股味道时有时无。我就像一只寻找松露的猪，用鼻子使劲嗅着每一寸空气。我确定，这臭味正是在一个窨井口处消失的！那个窨井口位于一个地下车库的入口处，上面还盖着窨井盖。

　　我还发现了一些别的东西：在窨井口的旁

边有一个不带过滤嘴的烟头。虽然装有证据的塑料袋就放在家里的写字台上，但是我可以打赌，这个烟头与我在奥尔佳售货亭前发现的烟头绝对是一个牌子。

我接下去的举动，令我至今都没有想明白。也许是之前使劲嗅气味让我的大脑陷入了混乱，也许是因为我的睡眠不足，无论如何，我没有多加考虑，拎起窨井盖，费了点劲把它推到一边，再小心地将脚放到井壁梯的第一阶，然后由着这个梯子将我带向地下的黑暗世界。

井壁梯

3

　　二十级阶梯过后，我踏上了一块湿滑的地面。虽然街灯从窨井口投下一些亮光，但我还是几乎什么都看不见。我从马甲口袋里掏出手电筒来打开，发现自己置身于一个陌生而可怕的世界。

　　我的面前是一条说不出颜色的小河，它在约一米宽的混凝土水道里潺潺流过。小河两边的墙壁用红色砖头砌成，我头

上的拱顶有几处灰浆已经
脱落。

　　我将手电筒左右照
照。偷报纸的小偷会躲在
下水道的什么地方呢？如
果他发现被人跟踪，会
不会想利用下水道来甩
掉我？他到底有没有
发现我在跟踪他？

狭窄平台，将手电筒照向下一个拐角，然后开始进发。

过了这个弯道就是长长的直道，然后是下一个弯道。看起来，我位于这个城市的一条主街道下面。我周围的一切都在震动，我几次听到刹车发出的尖锐刺耳的声音。

下水道分叉了。我停了下来，在手电光的照射下探寻地面。在其中一条隧道的入口处再次发现了烟头。我拾起它，发现它还有一点热度。小偷肯定是走这里，并且在不超过一分钟之前。

　　最后，我来到一个地下大厅，这里不少于

六个洞口。

　　这一次，我的手电筒帮不上忙了。我没

有在地上找到任何蛛丝马迹显示有人来过。然而我必须紧追不舍，现在可不是放弃的时候。

一个侦探到了山穷水尽的时候，靠的就是运气了。各人有各人的办法。我用的是"点兵点将"法。"点兵点将，点到哪里，哪里就是路。"在走到最后一个"路口"之后，我就跨进了六个洞口中最小的一个。才走了几步，下水道的顶就越来越低。同时水道变宽了，水位上涨了。水流不再潺潺作响，而是汹涌澎湃了。最终，我发现自己站到了一个瀑布的顶端。这些肮脏的废水从四五米高的地方，咆哮着跌入一条地下河

流。这条河流又分别流入三个成人一般高的管道，汹涌澎拜的激流冲击出了像山一样高的泡沫。如果这里不是臭气熏天，人们一定会认为这是给巨人准备的泡泡浴。

我想找一个梯子或楼梯可以继续前进，但找不到。这个地下瀑布是让我束手无措的终结。再去别的入口处尝试也没有意义，这个偷报纸的小偷一定早就逃之夭夭了。在这地下，看来我是永远找不到他了。但为了制止他干坏事，我得另外想个办法。

雪上加霜的是，我的手电筒马上就要没电

了。在返回的路上，一旦洞口变得亮一点，我就把手电筒关上。

刚开始我走得很顺利。在第一个岔路口，我选择了左拐，在第二个岔路口右拐，在大十字路口直行。下一个岔路口我该左拐，还是右拐？为什么现在这个下水道一直都笔直向前？

我迷路了，只好掉头往回走。我将越来越弱的手电筒光打到头顶的墙壁上，然后跑起来。我跑

得太快了，以至于在河床变窄处，从平台上掉了下去，双脚落进肮脏的淤泥中。一大股大便、小便、烂苹果、酸牛奶混合的恶臭钻进了鼻子。我小心翼翼地把脚抽出脏水，筋疲力尽地倒在潮湿的混凝土平台上。就在这个时候，手电筒的光熄灭了。这次是真的熄灭了。

我只好待在原地。周围除了厚重的黑暗，就是无法忍受的臭味。"你迷路了，克瓦特。"我大声说，"你现在深陷泥潭！"

过了一会儿，"泥——潭——"回声传来，在黑暗的下水道里回旋。此外还听到轻微的吱吱声和急促的哒哒声，似乎是某种小型动物正在下水道里觅食。

"老鼠，"我说，"一定是老鼠。"

"老——鼠——"回声又响起来，"老——鼠——"

我迅速站起身来，心都跳到嗓子眼了，额头上布满豆大的汗珠。

我困在下水道的一个角落里，饥肠辘辘，被几百只老鼠包围着，它们随时准备向我扑来。

"够了！"我大叫。这次我不等回声传来，撒腿就跑。

我摸着潮湿的墙壁，经过了无数弯道、分岔口，不知道什么时候爬上了一个摇摇晃晃的梯子，这个梯子把我引向一个新的下水道。

我从未如此渴望过亮光，在这个时刻，在这个城市地底下四五米的地方。

突然，眼前一亮，我清楚地辨别出下水道的穹顶。两步开外，一束阳光倾泻下来。老天，这是一个窨井口！我有救了！老

鼠抓不到我了！

我爬上楼梯，想打开窨井盖，但是它纹丝不动。我又尝试用肩膀去顶，仍然没有成功。

为什么我之前能打开地下车库入口处的窨井盖？难道这个井盖锁上了？或者用混凝土浇死了？我倒挂在梯子上，打算用双腿把这个该死的井盖蹬（dēng）开，但

还是没用。最后，我用尽全身力气大喊："救命！我要出去！有没有人听到？我迷路了！求求你！"然而，无人回答。

我不停地呼救，不停地叫喊，直到嗓子完全哑了。

最后我爬下梯子，坐在光束下面，把头埋进了胳膊。我哭了吗？是的，尽管作为一名侦探我很不愿意承认这点。

不知道什么时候，我筋疲力尽地睡着了。

当一只手放到我的肩上时，我惊醒了。

我想一跃而起，但这只手把我按了回去。从窨井口探进来的阳光此时也消失了。

在下水道昏暗的光线中，一个瘦高的黑影在我眼前站起来。我看不清他的脸。

"从这儿你是出不去的。"我听到一个沙哑的声音轻声说道，那声音听上去很温和，"窨井口盖焊死了。"

"您是谁？"我喊起来。作为一个资深侦探，我其实该知道这个问题是肯定得不到回答的。

果然如此。那两只有力的手抓住我，把我拉了起来。

"跟着我。"这个声音低沉地说道，"我们

得走一阵子。"

一开始，我犹豫了一下，随后我没精打采地跟在这个陌生人的后面往前走。不然的话，我难道该坐着不动，等着老鼠找上门来？至少目前看起来，这个来自地下迷宫的人打算把我带出去。

我不得不把自己托付给他。这是我唯一的机会。尽管这人没有手电筒，却能在黑暗中行走自如。

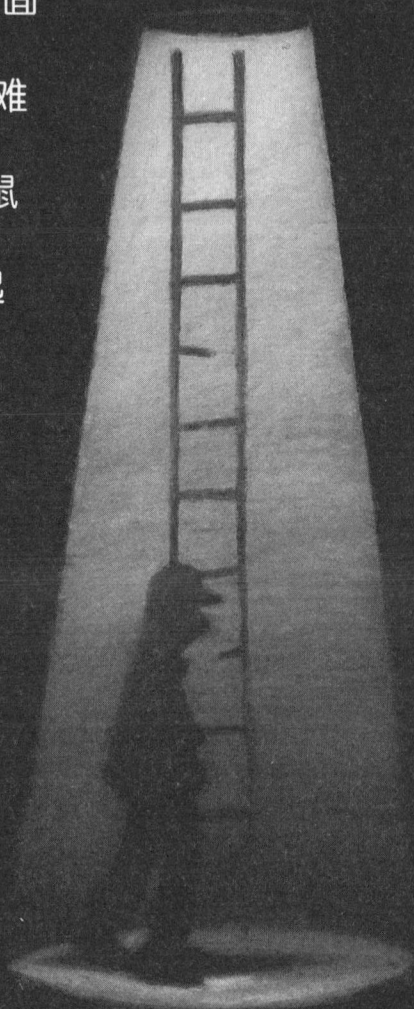

在好几个地方他还扶着我越过了地下河流。通道变窄时，他还会低声提醒我把头缩回去。看来，他比任何人都熟悉

这个地下世界。

　　我曾在电视里看到过关于常年生活在纽约下水道里的人们的报道。我面前的就是这样一个人吗？如果他就是偷报纸的人，为什么他要

专偷奥尔佳的？为什么他各样报纸只偷一份？

不知什么时候，我们到达了一个地下大厅。两束光线从两个窨井口倾泻而下。下水道的地面有多个深深的裂缝，墙壁也风化了，通往窨井口的梯子上早已没有了横木。这块区域的下水道看来已经长期无人打理了。

"我们这是在哪儿？"我问。

这个陌生人没有回答，而是走向一扇门，将钥匙插进锁眼，转了下，然后按下门把手。

"进来吧，"他低声说，"你不用害怕，我不会伤害你的。"

进屋后，他划燃了一根火柴，点亮了一个圆肚子的煤油灯。

我对地下可能发生的一切事情都有设想过，唯独这个没有。

在这间宽敞的屋子里有一张窄小的床、一个五斗橱、一张舒适的沙发、一张铺着菱形图案桌布的桌子、一把椅子、一个挂衣服的架子以及一个煤气炉，地上则放着一摞摞的报纸。

除了没有窗户，这个房间与头顶五米之上的地面上的任何一个房间并没有两样。看起来，我的案子已经破了。奥尔佳应该会对我满意的。

这会儿，这个陌生人已经将他长长的皮大衣脱了下来，挂到了衣架上，然后转过身来对着我。我一时之间不敢直视他，不知道自己会看到一张怎样的脸，也许是长着青面獠牙的吸

血鬼，也许是一个让人吓破胆的鬼怪。

然而站在我面前的，竟是一个脸颊瘦削的男人，一头白发纹丝不乱，眉毛灰白，白胡子修剪得十分考究。"坐。"他的声音很轻，手指着旁边的一张沙发。而他自己则坐在桌子旁边的椅子上。

"你为什么跟踪我？"他问。

我仍然站着。"是您偷了奥尔佳的报纸，"我指着沙发旁的报纸堆说，"您承认吧！"

"你到底是谁？"

"克瓦特，私家侦探。"

"哦，原来是这样呀。"这个男人笑了起来。大多数成年人听到我的职业时，都会这么笑。

"您快说吧！"我重复道。

他点点头："我承认。"

屋子里沉默了片刻。"您怎么住在下水道里？"我问，"这里一定很可怕吧！"

这个男人犹豫了一下。"这是一个悲惨的故事。对你这个年纪的男孩来说太沉重了。"他一说完，就点燃了一只没有过滤嘴的香烟。

"您为什么要偷报纸?"

这个男人又笑了:"我读报。你知道的,在地下的日子很难熬。"

这人以为我是谁?我是克瓦特!甭想这样蒙我!我愤怒地把最上面的五份报纸扔到了他面前的桌子上。

"《评论报》《广告周刊》《每日新闻》《每日评论》《每日邮报》,上面的内容有什么两样?!"我喊道,"相同的内容读来读去,您觉得很刺激吗?"

这个男人端详了我好一会儿，没有作声。

最后，他站起来。"好吧，"他咕哝道，"我

告诉你真相吧，因为你有胆量跟踪我到地下，而你的同行都被吓回去了。"

"我不是第一个跟踪你的人？"

他摇摇头，走到衣架前取下一个装衣袋。

他小心翼翼地打开袋子。

一套考究的黑西服、一条深红色的领带以及一双锃亮的皮鞋摆在我的眼前。

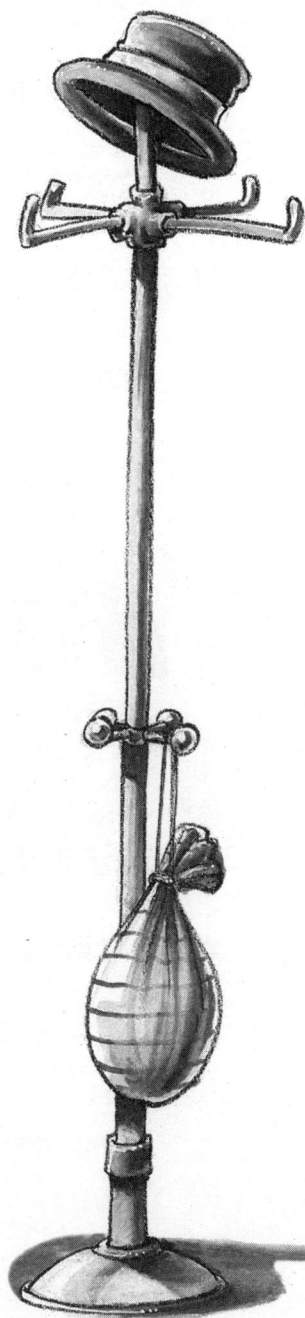

135

"这又怎么样?"我不耐烦地问,"这些东西也是你偷来的?"

这次这个男人不再笑。"是人就得吃饭,"他说,"所以我需要报纸。"

"您吃报纸?"这句话我竟脱口而出。

他大笑:"不,我得看报上的广告,哪里有婚礼,哪里有葬礼。"

现在我总算豁然开朗,这个想法太天才了,我兴奋地直拍手。这种事在我抓住的小偷身上还从没发生过。看起来,这地下世界的空气就是不一样。

"所以你搞了这套高档西服!"我叫道,

“你穿着它，混迹于客人中……”

“……然后扮演一个从美国来的神秘舅舅，恰好在德国停留。或者装成外公的一个远亲，或新娘婶婶的表妹的邻居。”这个男人把我的话补充完整。

“于是你就被邀请吃喝。”我说。

他点点头。

“总能得手？”

“总能。”

“真的？”

“我发誓。”

"如果有人问起详情或者问起名字和发生过的事怎么办？"

这个男人敲敲他的喉结。"我会说：'我是个病人，说多了会让我很难过。'"他低声说，"在这样的庆典上，人们都很体贴。"

他看了一眼手表。"嘿，我没时间了，"他说，"我得赶去参加一个葬礼，一个有名的工厂主。有两百个奔丧的客

人前去，至少。"

我冷笑："再加上您。"

他把西服袋扛到肩上，再将煤油灯的灯光调暗。"走吧，"他嗓子哑哑地说，"我带你出去。"

"我自己能出去。"说完，我从他身边挤过去，走出这个没有窗户的房间，开始爬上通往窨井口的梯子。

"从这儿你可出不去。盖子都用混凝土浇死了。"

也对，他想阻止我从下水道的这个位置离开，否则我就知晓他的藏身之处了。

然而，他并没骗我。井盖真的纹丝不动，换一个还是如此。

我只好跟着这个小偷，尽管我毫不情愿。才过了几分钟，我再次迷失方向。当我们最终

来到地下停车场旁边的窨井口时，我完全忘记了我是怎么走到这儿的。

"再见。"这个男人低声说。

"祝您好胃口。"我说。

我沿着梯子往上爬的时候，突然想起了什么。"您到底叫什么？"我喊道。

没人回答。

"您在哪儿换衣服呢？"

还是一片寂静。我往下一看，那人已经无影无踪。

这天早上我超水平发挥，我先给自己和妈妈做了早饭，再把那双臭鞋子换下来洗干净，最后穿上了干净的鞋，这样上学我居然没有迟到。在课堂上，我睁着眼睛打瞌睡，直到我们的老师——康泽尔曼先生在第五节课下课后放

我们回家。

在回家的路上，我路过奥尔佳那儿。她正坐在售货亭前的一个空木箱上喝咖啡，阳光照着她。我现在也需要咖啡，但是奥尔佳是不会给我喝咖啡的。我还没到喝咖啡的年龄，她总是这么说。我长大后有足够的时间去品味这个鬼东西。

"那总可以喝瓶可乐吧。"我嘀咕道。

她眉头一皱："你什么时候开始喝这玩意儿的？"

如果她知道我有多么疲倦，就不会这么问了。

"此外，今天早上的报纸又被偷了。"说完，她将一瓶插着吸管的可乐送到我面前。

"我知道，我在场。"我说。

然后，我也找了一个空木箱坐下，就在奥尔佳的面前，开始给她讲整个故事的来龙去脉。

等讲完后，我用手擦了擦额头上的汗水。"哎，真是惊险啊！"她说。

"我得还你那十包卡本特。"我说。

奥尔佳又给自己倒了

杯咖啡。"为什么？"她吃惊地问，"这个案子你不是已经破了吗？"

我点点头："但我并不知道这个家伙姓甚名谁。另外，我再也找不到他的藏身之处了。"

奥尔佳仿佛并没有听我讲话："这男人长什么样？请你给我仔细描述一下，克瓦特。"

我尽我最大的能力描述了一番。

"我认识他。"听完后她说。

"你肯定？"

"非常肯定。他参加过我侄女的婚礼。我正好就坐在他的旁边。一个极其友善的人，举止非常文雅。"

"他告诉你他是谁了吗？"我想知道。

　　她想了想："一个从美国来的姨公，我想。他声称在城里待过，偶然在报纸上看到了婚礼的消息。"

　　奥尔佳看看我，我看看她。

　　随后，我俩不约而同地大笑起来，直到来

了一个顾客我们才停下。

客人走后，我问奥尔佳："那十包卡本特怎么说？"

她摸摸我的脸蛋，这个动作我只允许她在没有外人的时候才可以做，并且不能老做。"亲爱的，你留着吧。这是你应得的。另外，你认为他还会来偷我的报纸吗？"

我摇摇头："肯定不会了。"

"如果再来怎么办？"

"那你再来找……"

我还没有讲完，她就叫起来："老天，克瓦特，我有个主意了！"

她在一张纸条上飞快而潦草地写了几句

话，然后把它放进一个信封里，请我扔到地下

停车库旁的窨井口里。我觉得她这是发神经，

但我还是按照她说的做了。

从那以后，奥尔佳每

天都把报纸上的结婚告

示和讣（fù）告抄到纸条

上，再放进信封里，在回家

的路上把它扔进窨井口。

这位女士有颗善良的心。

从那之后，奥尔佳的报纸还有没有失窃

过？当然没有！